U0737166

张景奇　著

# 我在黄山等你

WO ZAI HUANGSHAN DENGNI

合肥工業大學出版社

# 从心底涌出的真情

## ——《我在黄山等你》序

我和景奇同志认识，算来近十年了。当时，我在全国人大农委任职，到安徽考察新农村建设，来到黄山。景奇则在市人大农工委任副主任。几天下来，景奇的坦荡真诚、学识智慧、责任品行，使我多多受益，多有敬重。我在西藏工作时，多受《西藏日报》汤己生等老同志帮助、支持。老汤家在黄山，时已退休。我就向景奇打听，想去看望。景奇不认识老汤，但很快了解清楚了，并陪我到了老汤家。景奇表示，让我和老汤放心，他们一定好好向“老西藏”学习，照顾好老汤。自那以后，景奇和老汤成了好朋友，他经常拜访老汤，还参与老汤《大美西藏》摄影集和画册的宣传工作。多年来，每逢节日，我们互致问候；偶有见面，小聚趣谈，都很亲切，很自然。

景奇 1961 年 6 月出生，可谓生性不惧艰难。他原籍黑龙江省林甸县，应是自带着大东北的广阔和豪迈；自小学习勤奋，受过高等教育，打下了坚实的文化、文学根底。1986 年，可能与景奇的名字有关，作为人才他被引进奇景黄山，先后在黄山区政府办、市人大常委会办公厅和人大农工委工作。所以，初读景奇诗作，总能感受到一种矢志不渝的坚定和昂扬向上的朝气；总能感受到东北人的热情、豪爽和憨直，总能感受到徽州人的细腻、执着和韧劲。这本诗集为景奇从近年来诸多作品中选取的 180 首作品的结集。他专注履职，恭行主业，又能远离喧嚣，感悟诗境，这是一种精神、一种品格、一种修为，实在是难得的。

诗、词、歌、赋，是中华文明和传统文化的重要组成部分。“诗言志”“词咏意”“歌舒心”“赋纪事”，历来是我们民族的优良传统。习近平总书记说：“优秀作品并不拘于一格、不形于一态、不定于一尊，既要有阳春白雪，也要有下里巴人；既要顶天立地，也要铺天盖地。只要有正能量、有感染力，能够温润心灵、启迪心智，传得开、留得下，为人民群众所喜爱，这就是优秀作品。”品读景奇诗集，我时时感受到他的诗写得很阳光，有朝气，很踏实。诗集内容分为我在黄山等你、风景线上、走过四季、和你有关、我的世界、醉饮乡愁、风雨同行、红色记忆等八个部分。其中，有对自然风物和黄山景观的由衷赞美，有对家乡和亲人的深深眷恋，有对爱情的回味，有对人生的思考，有对历史的幽幽怀想，也有对生命的层层探寻。可以看出，他不仅饱含深情，也深有感悟。

景奇同志对故乡、亲人、童年的记忆，对养育他的黑土地充满无限的眷恋，从心底流出来的乡愁奔腾不息。如《乡愁》《思念》《童年的梦挂在了树梢》《在水一方》《回老家》等，尤其是《妈妈　亲爱的妈妈》，感人至深，催人泪下。这些诗不是显现在语词上的风貌，而是流贯在血脉中的真实，是以新的视界审视古老的土地而抒发的情怀，因而闪现着熠熠光辉。

景奇同志长期工作和生活在黄山这块文化底蕴深厚的土地，

既从这里获得了创作灵感，又使自己的诗作绚丽多姿、亲切感人。如《到黄山来》《春到黄山》《迎客松》《徽州》《徽州古桥》《屯溪老街》《中溪春景》《乐在黄山》等。可以说，黄山的风物民情、山川河流给了他无限广阔的想象空间，凝结为作品的主干，既使诗作展示出了古徽州的凝重意象，又充满了浓烈的时代色彩。

景奇同志具有美好的情感及表达。他以叙事的笔调、平实的语言描写爱情。他笔下相思、相恋、相爱展现的是如玉的温情与和谐，萌生出阳刚蓬勃的力量。如《故事才刚刚开始》《天地之间》《隔着一上午的雨幕》《心随你动》《期待是一天的主题》《为何这般如胶似漆》《咂吧岁月的滋味》《英雄本色》《黄昏路上》等。读他的诗，去除的是人的虚妄与隐晦，弘扬的是人的善良与光明。他的诗歌表达不但充分显露出扎实的文字功底，相形之下，美好的情感更是其中的高尚品质和正能量。

景奇同志不仅表达对家乡、对亲人、对黄山的爱，而且对大自然、对祖国及大好河山时时表现出强烈的大爱。如《春》《树雪　乌鸦》《红色记忆——纪念中国共产党成立九十周年》《我的心给了北京》《九寨沟的一次造访》《黄果树大瀑布》等。同时，他对生活、对生命的感悟，对生活哲理的表达，在《路》《很多事与牛无关》和《日月潭》等作品中，有所展现。

《我在黄山等你》这部诗集，内容丰厚，诗体多样，既有现代诗，又有五言七言诗，还有长短句词，完全由诗歌内容来决定，自由多变。读着这些诗，可以品味出作者扎实的驾驭诗歌体式的功力。

我喜欢景奇的诗，不仅仅因为他是我的同志和朋友，更重要的是他的诗歌真诚而富有思想。诗集所歌颂的当代中国的价值观念，所体现的中华文化精神，所反映的中国人的审美追求，集思想性、艺术性、欣赏性于一体，必然为中华文化形成“龙文百斛鼎，笔力可独扛”之势增砖添瓦。

这部诗集，是景奇同志来自实践的感悟，是他从心底涌出的真情。我相信读者朋友们会和作者一样，有收获，有感悟，会喜欢。

**苟天林**

2016 年 7 月 29 日于北京

（作者系原西藏自治区党委常委、宣传部长，光明日报社原总编辑）

# 生命天空里的彩霞（自序）

大年初四，桃花源里送走了支持和鼓励我出书的朋友，开始考虑为《我在黄山等你》诗集写序的这档子事。望着眼前这青山绿水和绽放的梅花，咂吧乡下这浓浓的年味和祭祖民俗，在爆竹炸响的欢乐气氛里，我理不出个头绪来。索性就讲一讲我与诗的故事吧。

我在娘胎里就赶上了“三年自然灾害”，出生的时候，脐带缠颈，差点窒息死亡。出生前后，连遭遇两劫，大难不死也算有造化了。为了图个吉利，人生不再有劫难，取颈脐的谐音，叫景奇。准确地说，别人的名字是父母给取的，我的名字是自己带来的。正是脐带缠颈的原因，我的脐带留短了一些，小时候经常肚子阵痛，很痛苦。到医院检查，什么毛病没有。妈妈总是在我痛的时候给我揉肚子，以缓解我的疼痛；痛多长时间，妈妈就揉多长时间。痛在我身，疼在母心。为此，我非常爱我的妈妈，不幸的是妈妈去世的时候，我在南方来不及见上她老人家最后一面，这是我一生最大的遗憾和永远的痛。

为了转移注意力、缓解肚子疼痛，我默默地背古诗。因为古诗就几句话，好记好背。这也算我的一大发明吧。久而久之，我就爱上了古诗：平时在小伙伴们面前，背两首显摆一下，他们准能投来羡慕的眼神，很是高兴；逢年过节或家里来人，父母让背上几首，不仅受到夸奖，说不定还有红包或者什么好吃的奖赏，更是得意。我小学毕业时，《唐诗三百首》虽不懂何意，但可以流利地背下来，语文老师赞赏有加。熟读唐诗三百首，不会作诗也会吟。中学时，我能模仿古诗或现代诗写一些东西了，每当学校开运动会、六一儿童节、纪念党的生日和国庆节等活动，都能风光一把。现在想起来，无论是当时自己的感觉，还是所写的诗，都是幼稚可笑的；但在那个年代，诗真真切切地给了我快乐和荣誉，虽然是虚幻的，却让我度过了一个美好的童年和少年时期。

20 世纪 80 年代，是诗最流行最辉煌的时期，写诗的比读诗的还多，说不会写诗，谈对象都困难。这一时期，我系统地阅读了古今中外的诗歌，特别是中国的古典诗歌和国外叶芝、庞德、艾略特、莎士比亚、泰戈尔等大师的诗作，眼界开阔了，真正懂得什么是诗、诗歌流派、如何写诗。我和几个诗歌爱好者经常一起研讨，几乎每天写一首。日子久了，七弄八弄的，竟也鼓捣出一点小名堂来，在《诗刊》《星星》《北方文学》等刊物和当地的报刊发表一些小诗，偶尔也发表散文、小说等作品。

正是这些今天看起来的青涩之作，改变了我的命运。当时，我身边的领导和长辈认为我能写，是所谓的笔杆子，在他们的关心和推荐下，我有幸做了领导的秘书，一干就是几年。其实，写诗包括其他文学作品与写公文完全是两码事，一个是形象思维，通过形象表达思想感情；一个是逻辑思维，通过平实、准确、简明、庄重的语言表达领导人和领导机关的意图。给领导当秘书，无论是写材料还是做服务都是一个要求高的苦差，身心俱苦，但是年轻人吃苦不吃亏，能锻炼人、培养人，成长进步相对快一些。如果不是写诗，我的人生可能会是另一条路。

1986 年，或许是我名字的缘故，但骨子里一定是我爱诗的缘由，我的人生出现了大的转折。县级黄山市引进人才，我有幸被引了过来，继续从事领导秘书工作，天天和文字打交道。黄山这片自然和人文回馈有加的热土，能够刺激文艺特别是诗歌创作的激情，并容易碰撞出绚丽多姿的火花。我有幸来到这里，应该说是精神追求的福报。地级市黄山市成立后，1992 年我被调到市人大常委会机关继续从事文字工作。随着年龄的逐渐增大，阅历相对多一些，对人生、人情和人性的感悟日渐加深，工作之余，写诗的洪流又冲破了大堤，我开始重操旧业。诗歌创作又一个黄金时期悄然惠顾。

《我在黄山等你》诗集收录的大部分诗作，是我近些年来写的，在相当程度上展现了我的劳动和个性。当今中国诗坛各种流派纷呈，这不能不说是件好事，但绝大部分诗写得就像谜一样，别人看不懂，也不愿意看，只有写诗圈子里的少数人看。我无法改变这一现实，但我可以回归到诗歌的平素、诗歌的现实，选择通俗易懂的语言，用形象和画面表现诗意。在写现代诗时，我尽量用接地气的语言，写得平白一些；在写五言、七言诗时，我用力点在律诗的节奏和韵脚上，不再注意平仄。不知读者是否认同我的这种表达。无论评价如何，在写诗的过程中，我确实充实了自己，快乐了自己，更感知了人生的艰难与真谛。

回顾我五十多年走过的路程，是诗改变了我的命运和人生走向，是诗的光芒照耀并指引我匍匐前行。应该说，诗，是涂抹在我生命天空里的那道绚丽彩霞！

**张景奇**

2016 年 5 月于黄山

# 目　　录

## 篇一　我在黄山等你

## 篇二　风景线上

## 篇三　走过四季

## 篇四　和你有关

## 篇五　我的世界

## 篇六　醉饮乡愁

## 篇七　风雨同行

## 篇八　红色记忆

# 篇一／

## 我在黄山等你

三十年前，因着青春韶华的逸想，驿动的心从东北驶入大美黄山，从此我的命运和黄山终生相扣在一起。在这块富蕴着自然与文化馈赠的土地上，我舞动着饱蘸青春、激情和坚毅追寻的笔墨，挥写着人生的渴望与梦想，我激荡着、畅然着、坚忍着、体味着……

黄山，不仅仅是山，她脚下奔腾的新安江以及由此产生的徽州文化、穿越时空定格的古朴村落，三十年来，深深地镌刻在我这异乡的骨魂里。

不知该怎样描写黄山?！面对这样一座“天下无山”之山，人类的语言，自古及今，都无法极致，只有这样一个初懵豆蔻女孩的影像和声音叫绝地留在我的心空：“登上黄山，我就拥有了全世界；离开黄山，全世界都崩塌了！”

大美黄山，我在这里等你！

## 我在黄山等你

毕业那年
我们相约在黄山
一起看日出　一起看霞落
一起看群峰竞秀　组团忽悠天

我清楚地记得
那是个星星在前月亮在后的夜晚
我们手拉手　说了许多
从头到尾　话题就没离开黄山

你说　黄山的松
都是从石头缝里长出的
虽然奇形怪状
那是顺其自然

你说　雨后的黄山
彩虹斜挂在天边
非常迷人　即使呼吸一口空气
都觉得很甜

你说　我们在迎客松前
照张相　那是永久的纪念
然后　锁上一把连心锁
将心锁在一起　不离不弃

那是个心与心没有距离的夜晚
我抚摸你的头　打断你的话
再到情人谷转一圈　让旅程更浪漫
你的眼睛湿润了　默默无言

这些话　一直在我心里生了根
后来　一拖就是三十年
来吧　我在黄山等你
兑现　今生不变的诺言

（2016 年 5 月 8 日）

# 到黄山来

到黄山来　登峰望远
牧云听海　让躁动的心灵
回归自然

到黄山来　观松赏石
卧泉踏雪　让不老的情怀
绵绵无期

到黄山来　耕星种月
迎日送霞　让不泯的童心
隔空喊话

到黄山来　拈花惹草
品诗喝茶　让未了的心愿
悄悄眷顾

（2016 年 5 月 24 日）

# 春到黄山

抖落一身残雪
涂了颜色一片　春到黄山
僵化一冬的思想
枝干舒展　捧一缕春风
洗去昨日满山的疲惫
一轮红日滑出了地平线
光纤系不住鸟鸣和炊烟
飞来石　经不住云海的诱惑
峰头一站　千年万年
冲动爬满厚厚的苔藓
迎客松　旗的形状
甜甜的笑脸　和黄山人的热情一起
捅入你心窝的暖
久久回旋　天南地北的游客
听不懂的方言
在春天的脚步和喊山声中
翻阅这部美学经典

（2009 年 2 月 11 日）

# 秋　　思

新安江水日夜流淌
秋日黄山　又是一番模样
放眼望去
瘦绿肥黄
山腰上还点缀着白色的楼房
酒不醉人　人自醉
放浪红枫旗帜扬

秋风送爽
大雁吟唱
远方的亲人啊
何时再来我身旁

（2014 年 10 月 20 日）

# 迎 客 松

你选择在高山生存
以便实现自己更大的愿望
离天更近

头顶那块虚空的地方
你曾试图前往　现实中
你站在峰头上

那是云的故乡
风在流浪　在那里站稳脚跟
不知要耗费多少时光

八百个春秋
凝露为霜　你的形象已成为一种礼仪符号
嵌进大会堂的镜框

玉屏峰头　青狮石边
你独自站在那儿　却不孤寂
五大洲的游客　围在身旁

（2009 年 3 月）

# 太 平 湖

一湖碧水
正如你的名字
祥和而宁静

晚霞是静的
炊烟是静的
月光是静的
湖上的人也是静的
好像在沉寂中　等待和期许什么

黎明　当船在湖中穿行
犁开了波浪和晨雾
露出了犬吠和鸡鸣
顷刻之间　湖上生动起来

（2015 年 12 月 16 日）

# 徽　州

徽州
石头都是古董
凸凹中　诉说
徽州人坎坷的命运

记忆
沿着石板路向古村落延伸
群山环抱的老房子
放走了白云

一淙小溪串起老房子
就是一条老街
经营杂货的
都是现代的人

他们和徽商打扮得一点不像
不见长袍　瓜皮帽
但　他们身上有着
徽商的基因

根　很深
一个又一个牌坊
涂满了徽州人的荣耀
圣上恩准

不知花了多少银子
才打动了圣上
但　可以肯定
圣上身边有不少徽州人

从乡村走到京城的状元
顺则从官　不顺则经商
文化和银子闪着光
滋养着　这一代又一代新安人

（2010 年 12 月 1 日）

# 徽州在哪里

徽州在哪里
徽州　在新安江的倒影里
在老房子的沧桑里
在天井上的云朵里

徽州在哪里
徽州　在徽商后裔的诚信里
在徽剧代代相传的唱腔里
在徽菜独具特色的味道里

徽州在哪里
徽州　在徐霞客的赞美里
在汤显祖的痴梦里
在游子的乡愁里

哦　徽州
版图上找不到的名字
原来你在这里
不曾相认
却从未远离

（2015 年 2 月 17 日）

## 屯溪老街

屯溪老街
其实并不老　千把年的光景
比老子还年轻

紧邻三江（新安江　率水　横江）
鱼骨架的形状　明清的长相
但个性十分突出
黛瓦粉墙

石板铺成的街道
东西走向　与新安江平行
九百多米长　比新安江短
零头还赶不上

街上　店铺林立
小巷织成的网
将徽州的土特产品和工艺品
一网打光

（2015 年 11 月 11 日）

# 徽州古桥

徽州的山多
徽州的河多
徽州的桥更多
往往一条河上就有几座　甚至几十座
于是　就有了许多桥的传说

其实淳朴善良的徽州人
并没有想得那么多
在河上建一座桥
就把两座山连在了一起　方便了别人
也方便了自己　让心与心走得更近

（2015 年 11 月 10 日）

# 箬　坑

从屯溪到祁门
汽车以一百二十码的速度
也没有把山丘甩开
来到箬坑
牯牛降没有商量就压了过来
头上还戴着云彩

好浪漫的一座山啊
就是神秘了点
树　团团伙伙地长在山上
绿意和鸟鸣挂满了枝头

箬坑的黎明
是从洗衣槌声的豁口里爬出来的
槌起槌落　太阳打着哈欠露出脸来
渐渐地　小巷　街道和田野
出现了忙碌的身影　天地之间
被花香和清风霸占着

这里的夜　又长又静
驻地的老板娘告诉我们

晚上八点以后　狗都不叫了
我们的到来　算是破例
权当问候
高一声
低一声

（2011 年 8 月 31 日）

# 灵　山

灵山
灵不灵我不知道
我看到的是
一条一条的油菜花
向山上攀登

公路
绕着竹海前行
一波又一波的游客
背着包　歪着头
咔嚓咔嚓地摄影

山顶上
村民摆起了小摊
有木雕　竹编　笋子
人来人往的
散落一地讨价还价声

（2016 年 4 月 1 日）

# 琶 塘 村

背后的靠山
很硬　黄山余脉
随便抓一把　不是风景
就是鸟鸣

眼前的水塘
琵琶形状　搞定了小村的名字
不叫都不行　古色古香的老房子
悄悄地在塘里种下了影

小村的历史
是厚重的　斑驳的泄洪坝
粗大的枫树　香樟树
可以证明

远方　田园诗和菜花黄
是小村的梦
也将是你的梦

（2016 年 3 月 29 日）

# 赛金花故居

从桃花源里走出的姑娘
不是金花　赛过金花
在苏州青楼拐了个弯
委屈了自己

状元就是状元
不但爱花　也爱才
他用真情读懂了她的清白
将她娶了回来

不可思议的是这个小脚女人
跟随状元　漂洋过海
在蓝眼睛　大鼻子的世界里
用德语对话　一展东方女性的风采

不测的故事接踵而来
状元魂归故里
妒忌和祖宗的名声是一道金牌
她被逐出了家门　风雨中徘徊

清政府腐败无能
英法联军攻占北京　疯狂掠夺
还想毁灭罪证　从地球上抹去这座古城

国难当头
纤纤弱女子　她挺身而出
利用私人关系　出面疏通
古城保住了　她的名声毁了

传说　难免捕风捉影
但也不是没有一点可能
历史上的事　烟尘滚滚
谁能说得清

京城混不下去了
回乡养老叙情　买地建宅
规划未来　本想了却烦恼
偏偏烦恼再生

无奈　又回京城
当年的风韵还给了当年
仅靠一点生意
经营着寂寞和孤独

岁月　并没有抹去桃花源里乡亲们的记忆
传奇女人　一身故事
重新修缮她的故居
供后人和时间　慢慢解读

（2016 年 3 月 19 日）

# 中溪春景

不晴不雨访中溪
牛角坞里藏春意
赏罢菜黄品桃红
雨过山翠溪流急
蝴蝶恋花蜂采蜜
白鹭戏天蛙声起
漫步田埂浴春风
身沾花香脚踩泥

（2015 年 3 月 18 日）

## 雄村即景

春风不语雄村来
桃花坝上桃花开
阵阵芳香闯古街
水泛绿波墙上白

（2015 年 4 月 8 日）

# 呈　坎

又来呈坎四月中
感觉不与三次同
八卦村廓已显现
四周云影列长空
永兴湖畔千秋月
灵秀门前万古情
大明古宅满街巷
当数宝伦为最红

（2015 年 4 月 19 日）

## 雨中游呈村

小小呈村不简单
沂源河水画个圈
圈内人家十几户
油菜花开黄满园
雨中初识小村面
四周青山白云间
南来北往拍片客
只顾取景湿衣衫

（2015 年 3 月 18 日）

# 望右龙瀑布

一道瀑布凌空飞
挽断白发情为谁
俯瞰桥下潭堆雪
声如闷雷溪水肥

（2015 年 4 月 18 日）

# 蜀源赏葵

丽日出行到蜀源
四周青山映眼帘
一片葵花开心笑
赏花靓女赛花甜

（2015 年 10 月 3 日）

# 守　拙　园

守拙园里妙文章
桃花源记天下扬
望西堂前观落日
一湖碧水群山装
绕湖古街似弯月
野性清风胜花香
观景阁上见南山
采菊篱下梦断肠

（2015 年 4 月 17 日）

# 塔　川

山村塔川路弯弯
塔川无塔有溪穿
民居错落分层第
花映房屋树蔽天

（2015 年 4 月 17 日）

# 富　溪

春来富溪水湍急
两岸山坡茶园碧
茶女匆匆忙采茶
关门闭户日将西

（2015 年 4 月 19 日）

## 石　潭

石潭名远遐
春来处处花
少女画中游
不知谁是花

（2015 年 3 月 22 日）

# 黟县猪栏三吧

碧阳深处老油坊
梳妆打扮换模样
油头滑脑无踪影
脱胎换骨新农庄
自然纯朴魅力大
巧夺天工拙劲强
住宿一夜一千块
可怜老夫羞涩囊

（2015 年 4 月 17 日）

## 廊桥之上寻遗梦

午后本想去武阳
来到三岔路茫茫
跟着感觉往前行
一脚踏入许村旁
村头碑坊印沧桑
大观楼前镜头抢
廊桥之上寻遗梦
咔嚓声里度春光

（2015 年 3 月 20 日）

## 徽州小村冬景

大山深处小村庄
粉灰黛瓦马头墙
弯弯曲曲石板路
不言不语赏冬阳

（2014 年 2 月）

## 乐游徽饶古驿道

新朋旧友诚相邀
周末冬阳访板桥
漳前村旁觅旧事
履安桥头行古道
七上八下十八折
不见古人遇荒草
马蹄铃声已远去
青石阶上留近照

（2014 年 12 月 10 日）

# 金 佛 山

状元故里金佛山
默默无闻不一般
春节闲暇偶相见
小家碧玉迷人眼
细雨蒙蒙红白黄
梅花点点色斑斓
看客惊喜忙拍照
美荡心头胜大餐

（2015 年春）

# 牯　牛　湖

牯牛降脚下的
牯牛湖　不大
二十几亩　窄窄的一条
一边被一排毛竹围住
一边长着一串吊脚木屋
屋里的人说什么　做什么
一概不知　但可以肯定是愉快的

牯牛降脚下的
牯牛湖　不小
四周的青山都在湖上漂着
还有那云朵也在里面泡澡
水面上长着廊桥
弯弯曲曲的桥　就是一辈子要走的路
谁都不想走　但可以肯定谁都要走

（2015 年 12 月 1 日）

# 上丰姬公尖

姬公尖　山路弯弯
怎么都拉不直
就像路两边的梅花树
别指望它往直里长

姬公尖的两大特产
一个是春天的梅花
另一个是秋天的柿子
四个季节　占了两边
并且相当有味

我去的时候
春天已经走远了
只见到树　不见花
大红的柿子高高挂

漫山遍野的柿子
像灯笼　又像繁星
把姬公尖弄火了

（2015 年 11 月 25 日）

# 牯牛湖两岸

你能看见我
我能看见你
弯弯曲曲的距离

你听懂了我
我听懂了你
好像没有距离

你走不近我
我走不近你
隔着牯牛湖的距离

你急
我也急
忘了脚下
趔趄泼洒了一地

（2015 年 11 月 27 日）

# 柯　　村

## 一

近观粉墙黛瓦
遥望山村图画
群山环抱农舍
周边围绕菜花

（2016 年 3 月 23 日）

## 二

山上峰头云雾
地面油菜房屋
眼前黄白相映
极目中国地图

（2016 年 4 月 1 日）

## 窗前剪影

山峦起伏盈满窗
新安江水泛金光
广场画廊妙绝处
绿树参差吐诗行
推窗不禁哼小唱
清风送来野花香
烟柳招手行人醉
思绪翅膀任飞翔

（2008 年 4 月 9 日）

# 乐在黄山

白山黑水一顽童
偶入黄白两岳中
临风浴雨三十载
青丝染雪背似弓
松下坐石赏溪水
船上枕竹望长空
锁在深山无人扰
一觉睡到夕阳红

（2015 年 10 月 16 日）

# 篇二/

## 风景线上

大自然的风景，美不胜收。我喜欢约朋友一起走南闯北看风景，一路风雨，一程山水，一段故事，那种感觉真好！

# 我的心给了北京

冬天　我来到了北京
满街的老字号
让年过半百的人
成了小年轻

一道旧墙
挡住了皇城根下的远和冷
稍不留神
碰响京韵大鼓的嗓门

流动的河
绕着拔地而起的安谧
地铁　王府井　广场
被声音填平

长长的明灯
拉长了夜景
不知不觉
大街被高楼占领
道路被车牵引
我的心啊　给了北京

（2010 年 12 月）

# 九寨沟的一次造访

初春　九寨沟的一次造访
海拔三千米以上
雪山　闪着寒光

高度　拉长了一个
冷季　凉
无声地落在身上

从来没有过的激荡
沿着海子　飞瀑　河滩漾开
不知消费了多少时光

一波又一波的明亮
在雪峰　彩林　藏楼上安放
影子　寂寞又安详

莫名的渴望
在箭竹上疯长　理想的栖息地
大熊猫　为何流浪他乡

返程路上　颠簸中
我整理一下仰望　神奇的藏歌哟
将篝火　撩得更旺

（2010 年 3 月）

# 冬游承德避暑山庄

皇帝避暑的时候　我没来
我来的时候　皇帝走了
不可能再回来

我迟到了一百多年
皇帝是做不成了　但可以做梦
先过把皇帝瘾

管他康熙　乾隆还是雍正
万岁爷不在　我就是老大
起驾　看看宫廷内外的风景

这些万岁爷们还真会折腾
愣把承德这地儿　捯饬成个山庄
夏天前来消暑　冬天丢给北风

穿过丽正门　我就是皇帝
瞧瞧山庄的全图　两个部分三个板块
构成了中国版图的缩影

皇宫里的所有细节
都是围绕权力和女人构建的　挥手之间
也许就是一个温柔的陷阱

八十九年的苦心经营
把江南的美景一网打尽　康乾七十二景
到头来也是徒有其名

冷风无情
吹走了大清王朝的梦
也匆匆结束了我此次行程

（2010 年 12 月）

# 黄果树大瀑布

白水河
从断崖飞出
汹涌着一种气度

四根玉柱
像水中的筋骨
撑开一百〇一米的宽度

蛟龙戏水
扬起七十七点八米的高程
溅起浪花无数

犀潭堆雪
无须弓弹花自出
响起千面鼓

长发飘细雨
润物如酥
空谷落飞珠

（2009 年 6 月）

# 夜宿白鹭岛

秋天死去的那个夜晚
我住进了白鹭岛
白鹭飞走了
它带走了绿色的叶子和游人的喧闹
留下了飕飕的北风　冷月
以及枯黄的野草
于是　我埋怨白鹭不够意思
冷落了自己

复杂的情绪合成了失眠药
我左手打电话　右手更换电视频道
生怕寂寞和无聊继续燃烧
电话那边的哥们和我得了同一种病
因此　我们再度同行
把明天下午泡澡的计划　提前到今晚执行
一身大汗
给黑夜和无聊勾兑淡了

鸡鸣代替了犬吠　长夜画上了句号
我急忙冲出门外
幻想着能够找到秋天的尸体

沿着练子湖边的栈道　奔跑着
雾气蒙蒙　不见踪影
失落的心情跌入湖底
和秋天葬在一起

好在早饭后　吃饱了的太阳出来溜达
白鹭岛才揭开神秘的面纱
大庵寺　望日峰　赏鹭亭
还有那初冬的风景
一一亮相　瞬间
一种情绪从心底里诞生

（2011 年 1 月）

# 奇妙的山寨

（贵阳的同行告诉我们
不到黔东南
等于贵州白来）

从凯里驱车五十分钟
来到西江千户苗寨
一张门票挡不住风情诱惑
路过　不能错过

步行街两边
吊脚楼店铺
一字排开　刺绣和银制品
让人动心

“苗族是蚩尤的后代
这一支几经迁徙
雷山脚下繁衍着血脉”
导游小姐拿着苗族的腔调

特有的语言　风俗
服饰和实物

随便抓一把
都是原生态

“这是中国最大的苗寨”
导游小姐边走边介绍
在一处吊脚楼集中地
她用手一指
“这里可以拍照”

只见两坐山上　吊脚楼梯度排列
一层　两层　十几层
一直伸向山顶
呈现牛角形

游客留下了千姿百态的身影
为到此一游提供了证明
吊脚楼继续留下
照片则装饰客厅

步行街的尽头是木质廊桥
也是苗族男女对歌台
坐在美人靠上欣赏寨外的风景
枫树　梯田和山峰

沿着白水河继续前行
苗家婚宴正在举行
苗族大姐忙着对歌

几位摇摇晃晃的大哥　还要再喝

日落西山将结束旅程
无数星星闪烁在山顶
一场苗俗歌舞开始了
口哨　对歌　抢亲
演绎苗族男女忠贞不渝的爱情
顿时
游客集体滑入了梦境

（2009 年 6 月）

# 印象兰州

西北风卷着黄土
迎面就是一个招呼
热情背叛了当初

从中川机场到兰州市区
一个多钟头
时间填满了列队的土丘

树像长不大的孩子
随便涂了点绿
干巴巴地站在那里
很快被甩到了车后

市区被地形压缩
黄河摇着驮铃穿城而过
匆匆忙忙
一条窄窄的走廊

城市是黄泥土与黄河水和成的
性格有些粗犷
空气中弥漫牛羊肉味

河水啃食沙滩上的阳光

楼比树高出许多
欲把天捅破
大街小巷的牛肉拉面
拴住南来北往的过客

中山铁桥下面
羊皮筏子在缓缓移动
古水车　醉饮黄河

落日沉河
涛声打湿了开满梨花的村落
奔腾不息的兰州
斟满万家灯火

（2009 年 4 月）

# 长 白 山

长白山的确长了点
从延吉到北坡景区
乘车两个多钟头
寂寞和瞌睡没有爬出来

红松　樟松　桦树使劲往高里长
绿　披头盖脑地向深处蔓延
白色逃到了冬天里
偶尔在桦树干上露出点尾巴

树是直的
路是弯的
数不清的 S 形　颠覆了游客的梦
把兴奋挂在高处

山顶是核心
没有草木　只有一个椭圆形的池子
名曰天池　其实在地上
无非是离天近了点

天池是三江之源
两国国界
分娩了十六座高山
九座在中国　七座在朝鲜

湛蓝　神秘的池水
醉了多少游客
白云连同影子也漂在里边
分不清天上与人间

（2010 年 7 月）

# 呼伦贝尔大草原

呼伦贝尔大草原
一眼望不到边　二十五万平方公里
比天小了点

顾名思义
草是主题　绿色铺满了一地
风儿吹来　波涛涌起

一群又一群的牛羊
是草原上点睛之笔
远远望去　一动不动

河流出没的地方
必有蒙古包隆起
白白胖胖　憨厚的模样

道路两旁
时常有敖包出现
高高飘起的彩幡　风的形状

草地上的蓝天　白云
更加精彩透亮　雄鹰盘旋
琴声涌起

手把羊肉　大碗奶茶
是蒙古人的风情
一壶烈酒　笑谈半生输赢

传说最多的是成吉思汗
蒙古人的骄傲
至今下落不明

（2010 年 7 月）

# 阿　里　山

阿里山名气不小
太平洋都知道
说它是台湾名片
一点都不过分

去台湾不到阿里山
等于白去
白去谁不去
见个面也好

其实　山路弯弯
云雾纠缠　大树遮天蔽日
见一面
也很困难

倒是山脚下的茶园
落得清闲　远远地就送来了茶香
即使醉了
也分文不取

（2013 年 9 月）

# 日 月 潭

一头圆一头弯的水潭
把名字叫上了天
白天和夜晚　各占半边

名字比水潭大了一点
不难理解　但水是清澈的
四周的青山作证

水面上的一宝是珍珠岛
比珍珠还珍贵　既是风景
又是观赏风景的桥

桥上那富有煽动性的长相
将游客的兴奋点引爆　咔嚓咔嚓的快门
对准的不仅仅是潭水

一拨又一拨的游客
在水上逍遥　愉悦了自己
也热闹了风景

（2013 年 9 月）

# 鹅 銮 鼻

到了这里就觉得热
殊不知撞到热带上了
擦汗之间　猛然长出了高大的椰子树
和其他一些热带植物

这里是台湾最南端
站在这里看海
觉得心胸小了点　眼睛大了点

这个小岛被绿色霸占着
珊瑚石　像少数民族
形状那是相当可观

不远处有块巨石
有人说像外国首脑的头颅　有人说像帆船
作为一个匆匆的看客　没找好角度
不好说穿

最高端的是白色的灯塔
站在这里一百多年　脚都不酸
十秒钟一闪的光纤
不知送走多少南来北往的货船

（2013 年 9 月）

# 三　仙　岛

成功镇最大的成功
是不成功　至今还是台湾落后的地方
三位神仙也不嫌穷　过海后
不知何时来成功镇溜达一趟
坐在海边三块巨石上

三块石头　其实是三个火山岩峰
那风景　真是仙境
海蚀沟　壶穴　海蚀柱　海蚀凹壁
看了之后让人眼气　谁说不是天下第一

蓝天　白云　海浪　沙滩　奇石是背景
三仙岛的情景更加鲜明
照相的冲动袭上心头
各种姿势都有　若干年后
也许三仙岛又多了一个传说

（2013 年 9 月）

注：传说中的三位神仙是铁拐李、吕洞宾、何仙姑。

# 野柳海龟岛

你为什么上岸
为何又重归于海
无人知道
然而　解读你昂首弓背离岸的形象
不难猜出
岸　是你力量的源泉
海　是你展示的舞台
你有信心和力量战胜一切

（2013 年 9 月）

# 篇三/

## 走过四季

走过四季，才能欣赏到春花秋果、夏雨冬雪的景致，感受艰辛、成长、成熟，体会相同又不同的轮回。

# 春

雷声　震碎了冰
江河恢复了往日的奔腾

东风　赶走了流云
绿树重新安放了鸟鸣

小草　拱出了土
所有的幻想忙着返青

孩子们　被自己的声音吵醒
上路了　带着好奇的眼神

（2007年春）

# 春天来了　我想去恋爱

春天来了
我想去恋爱
牵一牵阳光的手
暖暖的　惬意拥抱着自在

春天来了
我想去恋爱
吻一吻花儿的笑脸
甜甜的　芳香追逐着畅快

春天来了
我想去恋爱
望一望低回的燕子
酸酸的　期待发酵为情怀

春天来了
我想去恋爱
听一听水声和鸟鸣
柔柔的　心境被妙语打开

（20 世纪 80 年代）

# 春　　韵

阳光
如瀑布般
劈头盖脸地挂下来
玫瑰花
开得纵情
张扬
春风
撩得人痒痒的
我心飞翔
飞到爱的
树梢之上
守候在
天黑之后
静静地
阅读月光

（2016 年春）

# 不去踏春又何往

又是一年菜花黄
牵牛农夫哼小唱
粉墙黛瓦桃花红
山村图景胜画廊
细雨蒙蒙含烟翠
微风习习挽花香
最是一年好去处
不去踏春又何往

（2015 年 3 月 18 日）

# 春 雨 行

江南春雨意绵绵
无声无息起云烟
打在脸上不觉冷
滑入口中有点甜
置身其中若仙境
行在雾里我为山
回头顿觉雨脚密
撒腿折返学少年

（2015年3月18日）

# 映山花开

一路小雨菜花残
小溪泛黄无阻拦
紫金山脚杜鹃开
只见烈火不见烟

（2014 年 4 月 8 日）

# 夏

晨雾　一层薄纱
被山峰划破了口子
露出了夏

夏是热烈的
阳光　填平了路上的
坑坑洼洼

似乎有水流出
山上叶子　成了光河
浮银耀金

一朵白云飘来
河　不见踪影
石榴花继续开着

（2007 年夏）

# 雨

闪电
一道长鞭
阴郁的日子
被撕成碎片
冷冷的泪
滴落到地面
那是生命的露珠
跳动在绿意之间

（1999 年夏）

# 夏天浪漫曲

夏天一点都不狂
连衣裙与荷花将欲望释放
翅膀和想象谁飞得快
显然　天空与大地
都很匆忙
蝉　大声地喊叫
阳光将蜻蜓手指烫伤
大雨来了
西北风逃亡
湿漉漉的
常有某种险情
一抹彩虹斜挂在天上
裁件衣裳
披在晚霞头上
恋爱让人难以入眠
上半夜数数星星
下半夜想想月亮

（20 世纪 80 年代）

# 夏天的阳湖滩

阳湖滩
水清　石头多
小的　散在河岸
大的　在长河里边

夏季一到
阳湖滩　是小伙伴的乐园
小石头用来击水
大石头用来坐着

白鹭　野鸭也常常来凑热闹
戏水　做窝
不羞不躲
一起作乐

（1994 年 8 月 13 日）

# 秋

秋天来了
我和她撞了个满怀
头发竖了起来

我与她并不陌生
不是朋友
谈不上交情

我曾经和她交谈过
在静静的小溪边
在雁鸣的天空里
我坦率地告诉她
讨厌她的神情
肃穆得像个寡妇
冷冷清清

更讨厌的是
她那双手
来无踪去无影　伸到哪里
哪里就是一场灾难

我曾亲眼看见
她将手伸到一片林子里
叶子纷纷落地
一片狼藉

我想躲开她
但还是没有摆脱
一个转身
额头上留下了皱纹

（2007 年夏）

# 冬

冬天来了
风　走漏了消息
寒潮一次又一次地袭击

冷战开始了
情况紧急
雪　漫天飞舞着
泼洒了一地

阴沉沉的气氛
笼罩四野
树　无法躲避
光秃秃站在那儿
绿意和鸟鸣全无

奔腾不息的河
浪花和激情枯萎了
干瘪的样子
上面还结了一层壳

一片沉寂
大地　像一具僵硬的尸体
停止了思想
除非春风来了

（2009 年 12 月 23 日）

# 树　雪　乌鸦

一棵树
就是一束花
雪
下得真大

千棵树
就是千束花
山坡上
白色的披挂

几只乌鸦
在山坡上盘旋
保留不同的想法
黑小白大

（2007 年冬）

# 雪　一直在下着

雪　一直在下着
无声无息地涂抹着
街道　树木和瓦舍
渐渐地漫卷开来
田野山川　一片银白

这是冬天里的第一场落雪
风　还没有到来
那轻柔　冰凉的白雪
舞动在我人生第四十九个春秋
审判一样宣告
鬓角上出现的第一根白发和初皱的额头
难道苍老就这样来临了么

雪　一直下着
天地之间
只有雪自由自在地舞蹈着
许多事情
被厚厚地捂着

这是冬天里的第一场落雪
那轻柔　冰凉的白雪
把我带到了四十年前孩提时候
打雪仗　堆雪人　甩雪球
无数通红的小手　像雪地里的精灵
把一个又一个欢乐　抛向空中

（2009 年 12 月 2 日）

# 雪落无声

太阳给乌云拖住
雪　飘了下来

风　跑得快
寂静沿着雪域漾开

街市喧闹　小贩叫卖　甚至是青年男女的欢歌
统统隐退在沉默的白色中

浪漫和幻想　奇形怪状
都被涂抹成憨厚的模样

一些事物从黑到白　只有乌鸦
不肯放弃原来的想法　至死不改

于无声处　雪的下面
透露着另一种消息

（2003 年冬）

# 冬　景

冬天　性格有点犟
北风　常常煽动乌云
绑架阳光

色彩　声音和热望
被冷冻起来　硬邦邦
丢在荒野上

真让人心寒啊
那些灰蒙蒙的日子
到处写满了苍凉

人们纷纷躲在房子里
拨旺炉中的火苗　悠闲中
等待着时机

（2010 年冬）

# 吹开情怀

天晴了
听到鸟鸣
心飞了起来　到荷塘去
到桃园去　到原野中去
拥花说爱

往事如烟
激情还在　那颗未泯的童心
依然在野外徘徊　踏青
玩水　听蛙　任裹挟花香的山风
吹开情怀

（2015 年 6 月 6 日）

## 夹 溪 河

名字说不上响亮
甚至有点土
却很形象

从出生的那一刻起
就汹涌着一种力量
自由地奔跑着
翻滚着　起伏跌宕

裹挟堆堆白雪
欲把石头磨光　向前
向前　伴着琴声
投向新安江

（2015 年 9 月 10 日）

# 竹

你默默无闻地生长在空旷的山谷
从不挑剔生长的环境
只需普普通通的泥土

带着浓浓的春意
扬鞭走马　指点高天
不用弓弹箭射出

每一个章节
都有一个成长的故事
可圈可点　高高地胜出

虚心的状态
让根深深地扎进了泥土　无怨无悔
暴风骤雨中练就了你　高贵的风骨

寄物于怀的文人骚客
自作多情赋予的品格　哪个都不如你叶子上
用一竖撑起的人字

（2015 年 6 月 4 日）

# 篇四/

## 和你有关

流年似水，过客匆匆，是梦幻也是现实，一些故事还来不及真正开始，懵里懵懂，就被写成了昔日的回忆；很多人还没有好好相爱，稀里糊涂，就成了生命里的过客。这一切，都与你有关！

## 你是个难猜的谜

你是个难猜的谜
你是个无解的代数题
认识你感到欣喜
了解你感到惊奇
走近你又不得不回避
你像风　像雨　又像虹霓
然而　你就是你自己
你的谜底　就是我
急于求解的秘密

（1999 年春）

# 故事才刚刚开始

昨夜　尚未摆脱喧嚣
一个电话　令我进入另一种境界
绝妙　从品茶开始

价格不菲的一顶天红
和着女人的声音　从紫砂壶口
流出香味　迅速扩散开来

没有音乐　没有客套
对饮成三人　平静的心
却有着不一样的味道

静静地饮茶　悠悠地谈笑
郑重的声明　与文学　八卦搅拌在一起
劲道更足

自产的朱兰花　清新淡雅
好像女人散发出来的信息
正向另一个人渗透

良宵　水涨船高
一个神秘的电话　折断了品茶论道
故事才刚刚开始

（20 世纪 80 年代作，2015 年 5 月 12 日改）

# 天地之间

昨夜
从万米高空落地　马不停蹄
又赴另一场盛宴

寝食难安的等待
突突心跳的期许　还有那酸甜的快意
顿时　化作了赴约的力

天当客厅
地作桌椅　一杯夜色
饮进了满心欢喜

醉了　做东的客人
醉了　赴宴的主人

（20 世纪 80 年代作）

# 有一种东西悄悄来临

有一种东西悄悄来临
看不见　摸不到
只能感受着

我想远离它
挣脱它　可是
越挣越紧　死死缠绕

它　酸酸的
甜甜的
柔柔的
暖暖的
让人望着天花板微笑

它比海洛因还海洛因
不吸成瘾
让人吃不下　睡不着
呼吸急促
心跳加快

我无力挣扎
被它囚困
直至精神垮掉

（20 世纪 80 年代作）

## 隔着一上午的雨幕

清晨　我坐在屋檐下
边吸烟　边倾听
雨的嘀嗒　一声接一声

天气灰蒙蒙
我的思念也在攀升
湿漉漉的雨季　大把大把的思绪
没有天晴

短信里的留言　调侃
止不住雨的脚步　大地流水
我心晃动　泼洒出的思念
难以复平

虽说午后相见的约定
稍稍缓解了一下渴望
但隔着一上午的雨幕
仍然是漫长的时光

（20 世纪 80 年代作，2015 年 5 月 25 日改）

## 心随你动

你伤心了
我难受
你感冒了
我发烧
你好我就好
你病了
我无法替代你生病
但可以在床前守着

见到你
心里就有了阳光
不见你
心中就没有着落

有你的日子
平平淡淡也想笑
无你的日子
再精彩也只是个热闹

心随你而动
被你填满
也被你掏空

（20世纪80年代作，2015年5月26日改）

# 为何这般如胶似漆

才分离
再见的余音尚未走远
又盼相见
无事无非　为何这般耐不住的性急

朝也见　暮也见
说不完的话千千万
细细想来　也只是两语三言
为何这般如胶似漆

（20 世纪 80 年代作）

# 期待是一天的主题

昨天
细雨绵绵
期待是一天的主题
约好了午后相见
却推迟到傍晚
时间　过得很慢
以秒计算　又过得很快
两个小时　一下就滑过了
来不及吃饭
夜色　充满了爱意

（20 世纪 80 年代作，2015 年 5 月 25 日改）

# 与感情毫无牵连

昨天　饭吃得很累
从中午到晚上　满桌的佳肴
竟品不出滋味　天南地北地调侃
小人物的风云际会　碰撞出男一杯
女一杯　其实和你我无关

爱也很累　从头到尾
同桌吃饭　竟然没有一个表达爱的机会
近在咫尺　心心相印
不得不以平淡的名义　你敬我一杯
我敬你一杯　其实与感情毫无牵连

（2015 年 6 月 1 日）

# 纠结并快乐着

昨晚　一夜未眠
头脑一片迷乱　理不出个头绪来
是我的过错　倒也简单
我愿意用我的生命　换几个小钱
为你下半生的快乐买单
若不是我的错　那也坦然
理解与遗憾和在一起　做些甜点
为你一生的幸福祝愿

（2010 年 6 月 3 日）

# 大水冲了龙王庙

中午　没有睡意
思念占据了上风

刚刚平息了一场风波
失而复得的心情　多么美妙

天气不是太好　也并不糟糕
雨后的空气格外地道

成吨的废话就是爱
相见的情景　比风景更好

起风了　吹开了花朵
任大水冲了龙王庙

（20 世纪 80 年代作）

# 山与海的对话

今夜　被快乐包围着
所有的烦恼和忧愁
都葬身大海　所有的爱
在春水荡漾的序曲中
徐徐展开

唱首欢歌吧
大胆去爱　人生急短
眼前的风景　不会再来

永远向着远方
面朝着大海　温柔夜色里
敞开热烈的情怀

古老的故事
演绎出生命的色彩　生动的细节
犹如一股清新的激流　荡涤着尘埃

夜深了
自由自在　山与海的对话
一直在愉快里徘徊

（20 世纪 80 年代作）

# 电话那边

上午　电话那边
一个女人　先是支支吾吾
逐渐展开　后来
就是哭

我问她发生了什么
她告诉我　没有什么
真的没有什么
就是心里不舒服

我知道　不想告诉我
和我无关　又似乎有关
也许是小插曲
或者是生活的一次疏忽

后来　我知道
原本生活的一个细节
不适当的时机　无限放大
内心发生了激烈的冲突

生活　就是细节组成
任何一个细节
都可导致痛苦　甚至
全盘皆输

（2012 年 6 月 14 日）

# 一个电话打出

整整一个上午
将许多琐事打包封存
冒着细雨陪你　陪你心跳
陪你呼吸

而你　接个电话
立马到外面享受新鲜的空气
把我当作秘密　锁在屋子里
时间很短　又很漫长
我的心　不舒服
一个电话打出

（2012 年 6 月）

# 那 一 夜

那一夜
雨下得很大　封锁了一些消息
我的船　冒着危险
偷渡到江边与你会合
不为别的　只想拉着你的手
在雨中走一走

那一夜
并没有害怕　迫切的心情
驱使胆子快速膨胀　我估计
晒干了　也有南瓜这么大
没想别的　只想见到你
说说心里话

那一夜
已经过了花季的我们　说了许多春天的话
花开了又谢　谢了又开
反反复复　没有长大
还带着呆呆的傻

那一夜
时间短得可怜　仿佛都被废话填平
那些话堆起来　可以砌个长城
成为雨中又一佳景　不是匆匆而过的行者
而是永久的隐者

那一夜
一切都是多余的
任往事如风

（2010 年 6 月）

## 咂巴岁月的滋味

将一下午的时光
揉碎　放在茶壶
沏上一杯　与心上的人儿
一起　咂巴着
岁月的滋味

那浓浓的
汤汁　缠绵而温柔
几番轮回　似莲似醋
又似蜜　滴滴难舍
耐人寻味

一口接一口的
茶　有一句没一句的
话　淡淡的苦　悠悠的酸
还有那浓浓的甜　妙不可言
品出的好滋味　且斟且喜
慢慢消费

（20 世纪 80 年代作，2015 年 6 月改）

# 走进故事里

从昨夜到今晨
我一直在听故事　看故事
我不是故事里的主人
却走进了故事里
成为故事里的故事

陪故事里的人在哭
陪故事里的人在笑
陪故事里的人思考
故事里的人牵动我心

我很累　也很困
但　就是放不下
没有办法
与故事里的主人对话

一个在里面
一个在外面
对话有点难
但理解不成问题

故事给了我许多启发
故事里的人让我牵挂
故事里的故事
将是一部最美的神话

（2015年6月16日15时）

# 夜雨春行

昨夜　雨中行
览尽了妙绝的
美景　山路弯弯
缠绵着泥泞　摸索攀缓
爬上了一峰　又一峰
累了　树作支撑
跌倒了爬起　爬起了
再行　风声雨声
容不得我脚步稍停
浑身湿透了　我喘息着
畅快着　进行这场
没有输赢的战争

（20世纪80年代作，2015年6月16日改）

# 奇　缘

一个是墙中柳
一个是院内花
若是无奇缘　茫茫人海　短时怎偏遇到她
若说有奇缘　区区小城　为何又一错再嫁
一个是期盼许久
一个是寻遍天涯
一个欲逃避红尘　禅门出家
一个想坐守繁华　凡世潇洒
品心中能有多少滋味儿
怎经得　从酸到甜尽
苦转到辣

（2012 年 8 月 18 日，套用红楼梦枉凝眉式）

# 心灵的鸡汤

我知道　你很忙
带着淡淡的忧伤
心痛痛地疼你
却不能给你阳光

听你说得最多的是
困和累　没有时间
家里家外　都如
拼搏的沙场

我不能　也无法代替
你那　风雨兼程的生活
如果可以的话　我愿
为你苦乐一肩扛

无奈　只好在场外
做一碗心灵的鸡汤
虽无大补　亦为你
暖暖身心

（20世纪80年代作）

# 你　和　我

你和我在电话里无话不说
我和你在电话里说了许多

你和我面对面无话可说
我和你面对面不知说什么

沉默　沉默是古老的颜色
沉默是初冬的白雪

然而　四只眼睛接上了火
上膛的子弹往哪儿射

踏着初冬的白雪
雁鸣从我们的耳畔掠过

（20 世纪 80 年代作，2005 年 1 月改）

# 爱和被爱都有用

看到你真实的
内心独白　我的心
亦如从昨夜到今晨的暴雨
流水不止

亏欠和内疚
还有心酸　交替袭来
折磨着我　那种痛
只有痛过的人才知道
你那颗金子般的心
总是把好　给予别人
把痛苦和泪水　留给自己
任凭风浪起

所有的细节　我都清楚
对于你　我不想说那些动听的
甜言蜜语　我想用时间
来证明　无悔的自己

昨夜和今晨的
暴雨　给我们各自的
心灵　都留下了一些东西
对爱和被爱都有用

（20 世纪 80 年代作）

# 相思路上

洗尽铅华
抖落尘土
独处　最怕的是
相思之苦

欲罢不能
欲吐不出
只好独自消受
这难言的酸楚

漫漫长路
有繁华　也有荒芜
热闹过后的沉寂
更觉得无助

无头苍蝇的游荡
满脑空白的虚无　还有那
说不出来的味道　都集结在
相思路上

借问酒家
有谁晓得　那寸断肝肠的
滋味　不是醉酒
唯有相思

（20 世纪 80 年代作，2015 年 6 月 23 日改）

# 英雄本色

燃起烈火何须干柴　激情即可
长空万里风满月　搭弓骑射
风萧萧　雨淋淋　长吟短叹　写一路歌
挥鞭打马　追风逐月
醉了　亦是英雄本色

（2015 年 7 月 14 日）

# 如常　如常

女人心　费思量
一桩小事
何必计较挂心上
大丈夫有担当
讲过丢过
小小插曲一觉皆忘
如常　如常
莫东想西想
今朝又是晴太阳

（2006 年 7 月 14 日）

# 爱　就是不舍

爱　就是舍不得离开你
乐意整天在一起
说东道西　一大堆废话
毫无意义　又特别值得
苦也罢　乐也罢
愿意　见不到就发急
偶尔吵嘴　甚至生气
小小的插曲　很神奇
不隔心　不离不弃

（20 世纪 80 年代作，2006 年 8 月改）

# 思念怎么这样长

夜深人静
一个人独处　心难守
又添了几分离愁
四十分钟电话
略微缓解　放下之后
又恢复原状
一个星期　如何度过
思念怎么这样长

（20 世纪 80 年代作，2015 年 8 月 5 日改）

# 海誓山盟

今日相逢
也许是前世推迟履行的约定
今天相爱
也许是来世提前兑付的忠诚
今生不能结成爱的同盟
高山和大海都不会答应
你看　那猎猎松风
你听　那滚滚涛声

（1997 年秋）

# 好凉一个秋

暑热尚未玩够
清秋已上枝头
热烈的春　繁华的夏
再见　已成往事的回首

人如旧　情亦非
卿卿我我的时候
已到了悬崖勒马的关头
再无缘温柔之乡　道一声珍重
好凉一个秋

（20 世纪 80 年代）

# 平静如常

每次见到你
都很疯狂
犹如海浪打在礁石上
激情飞扬

真正在一起
又趋于平常
好像海浪打在沙滩上
自然无响

不是不爱你
不是你变了样
一如长久的跋涉
容不得再作匆忙

（20 世纪 80 年代）

# 是非总关情

昨夜　昏昏沉沉　担惊受怕
谁知道　何时又恼　按下葫芦起了瓢
想恋人　是是非非　总关情感
怎知道　何时将息　一切皆属强人自忧
看来日　阳光灿烂　磕磕绊绊
该知道　已经示好　何必不依不饶
爱了不退　付出了无悔
终有个风和日丽的日子吧

（20 世纪 80 年代作，2015 年 5 月 29 日改）

# 相　逢

在江边渡口
无数次与你相逢

最后一次分别
还清晰记得　你那匆匆的脚步

初冬的雨夜
再次与你相逢

满载一船的爱
向另一个渡口驶去

（20世纪80年代作，2015年5月29日改）

# 纠　结

我一直被一种
伤痛折磨
拾不起
舍不得

常常燃起狼烟烽火
擦掉最后一滴眼泪
我用痛苦的牙齿
咬断绳索

毫不相连的两段
滴过了血
你也不是你
我也不是我

（2009 年 2 月 17 日）

# 听天由命

开头难
了结难
陷入烂泥潭

欲进使不得
想退有牵绊
个中滋味对谁言

明月高悬难相助
蒿草相邻冷眼观
身心两茫然

忆当初
想他年
一切　由命听天

（20 世纪 80 年代作，2015 年 5 月 29 日改）

# 这样的爱

高高举起火把
点燃莫名其妙的爱情

江面上刮起了风
要烧就烧他个火烧连营

烧沸八百里江水
烧红半个夜空

这样的爱　要么死亡
要么永生

（20 世纪 80 年代作，2015 年 5 月 29 日改）

## 浪漫的事情终生难忘

一想起那年夏天的事情
就有点犯傻
比如　看到她从城市走向山林
看到她在河里戏水或者玩沙
浪漫的事情终生难忘
穿着碎花衣裙　光着脚丫
微笑着　坐在那里喝茶
望着远处　一想起那年夏天的事
就有点犯傻

（2016 年 6 月 6 日）

# 黄昏路上

午后　公园　阳光
许多人　晒着太阳

一对老夫妇相互搀扶着
妻右脚拖着地　左手拄着拐杖
夫左手挽着老伴　头不停地摇晃

他们走得很慢　每一步
似乎都很吃力　但丝毫没有
停下和歇息的意思　一直向前走去
神态安详

公园里　很静
没有风　桃花悄悄绽放
阳光在竹林的空隙里　编织着网

人们不知道他们从何处走来
也不知道他们走向何处
只用同样的眼神　不一样地凝望

两位老人凌乱的脚步声　随风远去
渐渐地变成一个人　一个圆点
消逝在黄昏路上

（2005 年春）

# 回　忆

认识你一年前昨天的夜晚
你我的故事好像走到了新的拐点
一身疲惫的我们　刚下飞机
相约在十点　可能还晚

那是个没有星星　也没有月亮的夜晚
除了街灯之外　四周黑得无边
我们独车在路上　边走边谈
开到河边人车稀少的停车场
情感在那里停泊

静静的夜晚　静静的新安江畔
我们说了许多软语暖话
虽不着边际　但心里那个甜
哪里也找不到　只在你我之间
特别是情不自禁的动作语言
那是世界上最美最甜的语言
今生今世无憾

那个夜晚让两颗孤独的心　不再孤单
那个夜晚让不再孤单的心　从此相连

激动　甜蜜　畅快　温暖交织在一起
你我被囚困在爱的孤岛上
死了　也不想求援

当时　我们谁也未意识到
第二天就是情人节　凑巧
直到今年的今天　我们才知道
520 的含义
这就是你我的缘　天定的缘
从此后　我们彼此不再生分
走进了一个桃花开放　星光满天的世界
无法分开　相依相恋

（2016 年 5 月 19 日为好友相恋一周年所作）

# 那　时

那时
因为那个女人
我去了那个城
青涩的我
平常的词汇
背了半个月
都说不成句子
张望　忐忑
痛恨自己无能
经常半夜
击掌给自己助威
最后还是败下阵来
不是输给别人
而是自己
其实　那个女人很礼貌
也很随和
穿着风衣

（2006 年 5 月 21 日）

# 篇五/

## 我的世界

路，数不胜数，最让我们日夜煎熬的却是无形的心路。这是一个人的世界，一个人走的路，弯弯曲曲，没有尽头。打点真善美的行装，放下该放下的行囊，迈着坚定执着的脚步，渐行渐远。

# 路

路　我走过多年
慢慢有点感觉　两点一线
简单　往往没有尽头

我周围的人　多数走大路
踩着前人的脚印　看前人看过的风景
匆匆走了一生　也没走出别人的圈子

我发现　偶尔也有人走小路
尽管是捷径　常常因山高坡陡
步履艰难　走来走去还在始点

另辟蹊径是极个别的　一般不是正常人
介于人和神之间　这条路
要么是不归路　要么是通天路

我是说　无论什么路
都有岔道口　看你如何选择
路的尽头还是路　只要你愿意走

（2010 年冬）

# 寻找那片森林

多年来　我一直寻找
那片属于自己的森林
我爱它的真
我爱它的纯
我爱它的静谧
也爱它沧桑的年轮

可是　从春到秋
从日出的清晨至日暮的黄昏
一天又一天　一年又一年
始终踪影无寻

那一夜　它走入了我的梦
我看见　那里的小河自由地流淌
那里的野花自由地绽放
那里的鱼儿自由地游动
就连那里的鸟鸣　也激荡着空谷的清音

大树下　光影织成的网
将我罩在里面　我陶醉了
我呐喊　我狂奔

这就是我的归宿
这就是神力的降临

声音渐渐远去　带走了
我所有的积郁　也带来了
凶险和不安　一群狮子向我奔来
一身冷汗　梦醒时分

我更加惆怅和苦恼
心中一遍又一遍地叩问
那片属于我的森林　它存在么
即便存在　又到何处去寻

（1999 年秋）

# 雨　思

飘雨的日子
气象台测不出来
是忽悠　还是心结打不开
钥匙和锁谁出了问题
西边长水　东边受灾
抒情是不管用的
整理一下脑袋
继续往前走
我们不是小孩
在虚拟的世界里裸奔
金钱和美女不是我们想要的
谁又能离开呢
生活是实实在在的
你摸过的钞票和鲜花
又装进别人的口袋
一杯烈酒　怎能悠哉悠哉

（2016 年 7 月 8 日）

# 天伦之乐

天真无瑕小孩童
吃喝拉撒乐无穷
一举一动皆是景
又哭又闹妙趣中
天天发生新故事
篇篇都是主人公
绕膝之乐无与比
管它南北与西东

（2015 年 10 月 20 日）

# 岁月爬上了头顶

岁月爬上了头顶
嘴硬也不管用
照镜子看看
头上退耕不还林的形状
不服不行

心　还是那颗年轻的心
容颜已经改变了许多
包括体型　开始出现的
遗忘与行动上的
迟缓　输给了年龄

激情已经不再属于
我们　取而代之的
是平静　以及沉淀后的
风景　秋天来了
收获吧　从前播种的
痛苦和快乐

（2015 年 8 月 28 日）

# 又添一乐

今年夏天
最让我销魂的
不是冷风　流云
也不是被金砖砸破了头
而是添了个外孙
他的一声啼哭
无异于核爆炸
摧开了幸福的闸
从此　我升了一级
不再是我
是外孙面前的菩萨
也是他跨下的马

（2016 年 7 月 1 日）

# 端 午 节

阳光
从缝隙里挤进了屋子
推开了门窗　闻到艾草味
鸟儿不停地煽动绿色的叶子
我想制止他的谣言
又怕惊醒尚未满月的外孙
我用手指了指他的嘴
他惹不起就飞
继续早上的功课
我喝了一口水　今天的内容比较多
端午节　是从什么时候开始的
屈原投江是传说
风俗都有讲究的　管他这个那个
张开嘴巴吃粽子　闭上眼睛睡觉
外孙　你还小
睁大眼睛看看　端午节
长的是什么样子的

（2016 年 5 月 9 日于端午节）

## 花果山的秩序没有乱套

远方　猴年马月说到就到
五月　花儿简红
我的外孙来了
他的哭闹　带给我们的是笑
桃子挂满了枝头
妈妈的痛苦　孕育了你的生命
怎么长得这样甜
数月的雷雨风暴
可以想象　多么艰难
宝宝　顺其自然
猴急是没用的
不要去荒草野地找寻
明年这个时候　姥爷和你一起吃桃
花果山的秩序没有乱套
只是在家中　姥爷是孙
你是个宝

（2016 年 6 月 7 日于外孙出生第 13 天）

# 很多事与牛无关

吹牛　其实与牛无关
是一些牛人闲得无聊
拿牛说事　把牛吹上了天

而真正的牛呢
却在田里　低着头
弓着背　和犁铧在一起
脚踩着大地
丈量春天与秋天的距离

天地之间
确实是空的
但有牛和牛人在里边撑着
空亦不空

钻牛角尖
和牛扯不上边
钻的是一股犟脾气
死胡同
也是道理

对牛弹琴
那是一种传说
不是牛的过
对与错　牛有牛的理解

拉车爬坡
靠的是力气
牛有发言权
吹牛没用

（2001 年冬）

# 影　　子

影子
我常常忽略她　无视她
甚至想甩掉她

走过大半生
慢慢发现　最忠诚的不是我心
也不是我身　而是我的影子

她默默地跟在我的左右
一会儿在前　一会儿在后
不离不弃

我走她也走
我停她也停
我高兴她也高兴

别看她轻轻
其实她很重　她是我的命
如果她不在了　我的生命也就停止了

（2016 年 1 月 19 日）

# 让青春和白多驻一段时间

岁月是多么的
冷酷无情　无时无刻不在
摧残女人的心灵
让青春和美丽走了样
除了黄　还有沟壑纵横

涂抹了一层又一层
不是去享受　而是将皱纹填平
尽量让青春和白多驻一段时间
起码在心灵

（2015 年 8 月 6 日）

# 苦乐就在红黑之间

昨日还是端阳高照
今晨又雨打亭台
人生亦是如此　晴一天
阴一天　反反复复
阴晴只是数量的变换
苦也是一天
乐也是一天
苦乐之间　何必计较
精算　不如马马虎虎

存留在我心中的是
花开　爱和童年
那些精彩的瞬间　链接起来
快乐永远

生活是丰富多彩的
看从哪个角度来欣赏
黑色多一点　就忧郁
红色多一些　就乐观
苦乐就在　红黑之间

（2015 年 6 月 21 日早晨）

## 不必考虑那么远

转眼
就是秋天
不必考虑那么远
因为　我们不知道
未来有多远

不必考虑那么远
秋天的隔壁就是冬天
那寒冷的季节
应该怎样度过
冰凉地摆在面前

不必考虑那么远
因为　我们不知道
春天离我有多远
花开的季节令人羡慕
但年关还在它前面

不必考虑那么远
因为　现在的想法
管不了从前　秋天
尽情地收获吧　眼前的金浪
那无边的麦田

（2015 年 6 月 16 日中午）

# 没事出来逛逛

没事出来逛逛
马路　公园　菜市场
青菜　萝卜和蒜黄
“大哥照顾照顾生意
今天还没有开张”
女菜贩子开了腔
“干我们这一行
鸡叫出门狗叫回家
一年到头只赚个吆喝
挣不了几个钱”
中年男人显然被她的话打动
价也不讲
一篮子菜就成交了

那边商场的门口更热闹
服装　百货　电冰箱
进价　亏本价　跳楼价
什么价都有
就是没有明码标价
几个农村模样的妇女认真地挑选着
不一会儿　她们掏空了腰包笑呵呵地走了

好像赚到了大包小包的便宜
售货小姐诡秘的一笑
露了马脚
只有错买的
没有错卖的
不然街上的店铺怎么越开越多

没事出来逛逛
不仅仅是锻炼身体
一不留神
说不定还能遇到个美女
那眼睛可赚大了

（2010 年 1 月 27 日）

# 一个人过父亲节

今天是父亲节
下雨了　湿了一地
家里寂静得没有声音
雨点在哭泣
一个人在家
一个人吃饭
一个人睡觉
一个人聊天
一个人撑起一座房子
发出的声音　没有回响
连影子都没有
寂寞在疯长
雨点打在心上
父亲节　我收获了什么
我能收获什么
空白加乱想

（2015 年 6 月 21 日中午）

# 铜陵记忆

时间　沿着高速路
逆向行驶　瞬间
来到二十五年前的冬天
那是我第一次到铜陵　汽车在路上
写了一天的草书
铜陵只给我留下三个字
冷和寒

二十年前的冬天
我出差到铜陵
顺便除掉手上的鸡眼
班车开走了　我还留在车站
夜晚　候车的人很多
连梦都没地方做

又是一个冬天
我开会到铜陵
只支付两个钟头的时间
高速路　没几个弯
汽车上　我看到楼很高

组团忽悠着天　人多的地方
都有铜人前往　那种神态
那种装扮　重塑了我冬天的记忆

（2011 年冬）

# 寻找从前过年的感觉

无数次寻找从前过年的感觉
总是找不到　就像找不到北一样
感到无奈和迷茫

埋藏在记忆中的过年
真好　犹如埋藏在地下的金矿
尽管看不到　却闪着光

那浓浓的年味
我们天天盼着　掰着指头数着
在空气里弥漫着

那是物资贫乏的艰苦的岁月啊
我们就盼着过年的这一天
有好吃的　有红包　有新衣裳　有鞭炮
一家人围坐在一起
在爸爸舒展开的皱纹和妈妈慈祥的眼神里
热热闹闹地度过这美好的时光

正月里串门　走亲访友
一盒蛋糕　一条鱼　两瓶酒送来送去

一不留神　原来的鱼又游回到自己的家中
不图别的　图的就是这个热乎劲　亲近劲

如今日子好了　不愁吃穿
天天过年　对联　饺子　鞭炮
一样都不少　可就觉得年味淡了

寻找浓浓的过年感觉
其实是寻找已经失去的童年
寻找苦并快乐的岁月
寻找那份纯情

当我们走在寻找路上时
不知不觉　老之将至

（2014 年春节）

# 乐　　书

闲暇逗墨二十年
神龙虬蛇游笔端
赶走无聊纠结事
涌来妙趣不可言
线性运动无止境
方圆浓淡细把玩
时空变换有定法
留得黑白任人谈

（2008 年冬）

# 钓　　鱼

时间向后推移
钓鱼变成游戏
姜太公钓鱼
游戏的是愿者
把钩藏在心里

钓鱼的故事
情节起伏　荡起一塘水
蛙声和蝉鸣　还有山水之外的风景
一个细节
是一次较劲

人钓鱼
鱼钓人
诱惑与反诱惑交织在一起
夕阳掉进鱼钩里

（2009 年 4 月 8 日）

# 中　　年

时入中年近午天
小雪初上双鬓间
盘点往日忧乐事
云淡风轻度华年
旧友不时邀相见
荷花池畔抛鱼竿
兴致踏来去郊游
田园风光细把玩

（2000 年秋）

# 我依然深爱你　如你活着

——纪念爱犬 Lucky

也许是缘分
你出生五十二天
就闯进了我的生活

开始磨合
出现过许多故事和笑话
有快乐　也有误解
不管遇到什么
我和你　没有隔阂

你我没有承诺
你把身家性命和一颗心交给了我
我欣然担当　照顾你全部的生活

眼睛　肢体　动作是你我最好的交流
渐渐地　我读懂了你
你也读懂了我
你我成为好朋友
一日不见　如隔三秋

牵挂成了自然
在你的世界里　你心中只有我
在我的世界里　你已经融入了我的生活
你我一起分享着欢乐
也一起打发着无聊和寂寞

也许是缘分走到了尽头
在一个灰色的早晨　由于我的疏忽和失职
你不知所措　在我们相处了十四个月后
你惨烈地走向了死亡
过早夭折

留给我无尽的懊悔
痛苦的回忆和深深的自责
再没有机会来弥补了　我只能告诉你
一切生命都值得珍惜和尊重

安息吧 Lucky
我会依然以没有承诺的方式
向你承诺　我的心
深深地爱你　如你活着

（2013 年 11 月 4 日晚）

# 篇六/

## 醉饮乡愁

东北，是生我养我的地方。我永远不会忘记那片神奇的黑土地、茫茫林海、草原湿地、天下粮仓；我永远不会忘记那里的二人转、大秧歌、猪肉粉条、小鸡蘑菇等独特的民俗风情和饮食文化。那里有我的童年、青春梦想、父母双亲，那里是我精神的家园，永远的乡愁！

# 乡　　愁

乡愁
是我在外
凝眉望月的
心事

乡愁
是母亲想儿
扳指数日的
翘首

乡愁
是我夜夜无眠
悄悄落下的
泪滴

乡愁
是父亲天天盼归
一声叹息的
闷酒

（2016 年 5 月 20 日）

# 夜晚　院子里有一片星空

夜晚　院子里有一片星空
常常有轻风相伴
那些遥远的神秘
只要侧耳细听
总是能听到我童年的喊话
不止我一个人的声音
还有小伙伴的笑声

星星就是星星
那双小眼睛　还是没有长大
一眨一眨的　闪亮透明
而我却有些老了
很少去数他们　也忘记了他们的名字
但只要我看到他们
心里就掠过一阵清风

（2016 年 5 月 22 日）

# 北方的冬天

冬天来了
阴沉着脸
所有的故事
都与冷有关

打开窗帘
积雪满山
门前的小河不再流动
岸上的大树少了枝丫

万籁俱寂
仿佛一切生命都停止了
只有北风扯破了嗓子高喊
鬼话满天

被绑架的叶子和尘土
拼命挣扎
一会儿地上打滚
一会儿空中盘旋

偶尔遇到的行人
都膨胀起来
步履蹒跚
好像丈量冬天与春天的距离

（2002 年冬）

# 一朵白云掠过窗口

多年以后
不经意的回首
一朵白云掠过我中年的窗口
久违的感觉又独上高楼
纠缠不休
云悠悠
思悠悠
人生的季节啊
不再是清秋
记忆已经随着钟声远去
那朵白云呀
一直在我心海中漂流
挥之不走

（2004 年春）

# 红 雨 伞

梦里　我又看见那把红雨伞了
那把火焰般的红雨伞
让我丢失了
丢失在年少湿滑的路上
事隔多年
仍然觉得遗憾
我敢打赌　那把红雨伞若放在十字路口
忠诚也会变成扒手
然而　当我再次看见它时
拾回　仍然不敢
因为梦中的红雨伞
更红更艳

（2002 年夏）

# 一道风景的模样

三十三年光阴
物换星移　难忘的夏季
掩埋在奔波的岁月里
无声无息

又是一个夏季
清爽的风　吹来了花开的消息
奔涌而来的浪
打开了尘封的记忆

蛙声　蝉鸣
缠绕着整个夏日
震荡的声音里
眼前晃动的　都是往日的你

马尾辫　黄书包
甜甜的笑
一道风景的模样
渐渐清晰

（2014 年夏）

# 童年的梦挂在了树梢

童年的梦挂在了树梢
新月的光辉来到了屋角
我把它方方正正地折叠起来
装进记忆的皮包

撕下记忆的封条
放飞童年的美好
我偷偷地爬上河边的大树
摸摸枝丫上的雀巢

风　吹动我乱发上的思绪
梦　追逐星星疯狂地奔跑
金色的圆月作为奖牌
我神气地　把它举得很高很高

（1994 年 7 月）

# 在水一方

季节催促我赶紧出海
匆忙中
把梦丢在了故乡

熟悉的月光照在我身上
故乡却在远方
远方的梦你现在好吗
千万别给冬冻僵

寒冷的月色冰凉地
覆盖着夏日的向往
无眠的孤独狂热地
笼罩着大海的苍茫
浪花上盘旋的燕子啊
你是否还恋着岸边的白杨

大海不是天堂
一个浪就是一阵警醒
白天打捞的辽阔与湛蓝
给黑夜涂得精光

黎明时分
一阵闷响
暴风雨野蛮地闯进了我的梦乡
我真的下海了
梦　正枕着海浪

（1994 年 8 月）

# 故乡　何止是欠你一个拥抱

外面的世界令我着迷
那年　挣脱了你的手臂
做初次逃离
我不是叛逆者
我想拥抱
不敢抒情
我睁大眼睛看世界
世界并不看我
寂寞　惹出了许多是非
翻山过河
我遇到了石头和水
上帝是不相信眼泪的
没有什么能阻止我赶路
三十年　说起来简单
就两行脚印
一撇一捺　咬紧牙关
转过身就是春天
梦想开花的时候
树枝会折断
好东西是不打折的
是什么让我如此执着

故乡　我血脉流贯的基因
何止是欠你一个拥抱
我的初心　我的梦　我的一切
都是属于你的

（2016 年 7 月 10 日晨）

# 我想回家

雨下大了
我想回家
趁还未被雨浇湿
家是什么
家是雨中的伞
家是避风的湾

雨下大了
我想回家
趁未被雨浇透
家是什么
家是换上的干衣服
家是淋湿后喝下去的热茶

雨下大了
我想回家
趁还未被雨浇病
家是什么
家是防病的姜汤
家是亲人问候的暖话

（2015 年 5 月 30 日）

# 思　念

奔波和忙碌　拽不住游子的想念
身居闹市　常常感到寂寞和孤独
三十年　风雨天涯路
青丝变白发　始终不改当初
故乡　可爱的精神家园
那山　是我永远看不够的风景
那水　是我永远断不了的养分
那人　是我永远忘不了的思念

（2014 年 10 月）

## 端午思亲

过端午　倍思亲
回首昨日的欢畅　从今往后
你就是我今生最牵挂的人

莫道缘分浅　勿叹情不深
只缘人世间　多了一些
不识好歹的庸俗人

我亦非圣人　亦是平凡心
不趋同的是　情为我命
不知道拐弯的一根筋

思亲亲更亲
思亲亦伤心
都怪我无能啊　端午节里
你还作赶场子的忙碌人

（2012 年 6 月 23 日端午节）

# 和东北同学

大年三十赏佳词
如同灯笼挂高枝
冰城民俗乐春景
引得游子把乡思

（2015 年 3 月 28 日）

# 娘

过年了　对娘的思念
如风　一遍又一遍地
在我的心中吟唱

那年月　穷得只剩下思想
年夜饭　一家人围在桌子旁
娘说："你们先吃吧，饺子管够"
饭后　我看见娘却吃着我们的残食剩汤

那年月　不通电话
娘天天盼着当兵哥哥的来信
手指数着手指　黑发成霜
在梦中　娘还在说："儿在战场受了伤"

那年月　人才流动
我来到了南方　回家探亲
娘说："工作不要分心"
姐姐偷偷地告诉我
不识字的娘　在地图上总是查看南方

如今　月牙爬上了山冈
慈祥的笑容点亮一盏星光
一切都是空空的想
因为　娘在天堂

（2001 年 11 月怀念母亲）

## 妈妈　亲爱的妈妈

妈妈　亲爱的妈妈
今天是母亲节
我多想喊你一声妈妈呀
可是　你再也听不到儿子的呼唤了
这样的日子　我已整整过了十五年了
妈妈　你知道吗

尽管儿子年过半百
尽管儿子早已做了爸爸
尽管儿子的外孙即将出世
儿子在你面前　却永远长不大

妈妈　亲爱的妈妈
多想拉着你的衣襟　问这问那
多想牵着你的手　和你说说话
多想头埋在你的怀里　诉说半生的委屈
多想守候在你床前　端水送茶
可是　即使这样简单的要求
在我们母子之间　也成了真实的神话

妈妈　我永远不会忘记
儿生病时　你急得吃不下
守在我身边　寸步不离
嘴角起泡　嗓子说不出话

妈妈　我永不会忘记
儿远离家乡　你送我到大门口的一刹那
话到嘴边又咽下　脸上在笑
眼角挂满了泪花

妈妈　我永远不会忘记
儿回家探亲　姐姐对我说的话
你总是站在窗前　望着南方发呆
不说一句话　这一站就是十五年
心中有万千忧思　无以表达

妈妈　我永远不会忘记
姐姐和我说　你去世时
用尽全力　呼唤我的名字
我成了你生死牵挂　永远的放不下

妈妈　请原谅儿子任性
翅膀硬了　就离开了家
没有反哺　却给你带来无尽的忧思和记挂
现在才知道　儿所忽略的
远比追求的更宝贵

妈妈　现在我才真正懂得
父母在　不远游的道理
可是　一切都为时已晚
来不及报答　再没有机会报答
只有无尽悔恨和终生遗憾

妈妈　亲爱的妈妈
如果有来世　我还做你的儿子
你还做我的妈妈　我愿一辈子守在你身边
当你的牛　做你的马

（2016 年 5 月于母亲节）

# 父亲的目光

小时候　总是躲闪你威严的目光
爬树上房常常换来你揪耳朵的奖赏
委屈的泪水憋不住
一盏油灯从天黑点到天亮
母亲心疼的唠叨就会引起一场战争
喜欢象棋的你总是赢

长大后　总是回避你挑剔的目光
小聚饮酒惹来你一声叹息的回响
老式录音机经常播放一支歌曲
年轻人为什么这样疯狂
家规犹如一张不可触摸的网
你就是一堵厚厚的墙

后来　总是闪现你慈祥的目光
不多的话语往往能抚平心灵的创伤
闷热的情感融入生活里每一个细节
胡须楂子经常吻过我的脸庞
散落一地的顽皮无法拾回
子夜的呼噜声伴我进入梦乡

现在　总是回忆你深情的目光
岁月河流诉说着你四季的沧桑
在一个湿漉漉的雨季你匆忙地走了
走到那边秋叶枯黄的山冈
悔恨的泪水从心里出发
从上边流进下边的海洋

（2009 年 7 月 8 日父亲去世三周年）

# 十跪父母恩

一跪父母恩　怀胎十月生我身
二跪父母恩　咿呀学语在清晨
三跪父母恩　陪我读书伴夜深
四跪父母恩　供我吃穿担子沉
五跪父母恩　我生病来您揪心
六跪父母恩　教我如何来做人
七跪父母恩　让我做事担责任
八跪父母恩　婚姻大事您分神
九跪父母恩　远离家乡您挂心
十跪父母恩　生命最后未见亲

（2015 年 11 月 13 日）

# 清明寄思

清明　天气灰蒙蒙
心　无处安放
与祖宗对话

南方定居三十年
这一天　从来不会
也不敢忘记北方的祖宗

只是心存遗憾
没有到祖宗的坟前
清理荒草　放一束鲜花

只能通过一种特殊的方式
在十字路口　烧点纸钱
安慰祖宗　乞求祖宗的保佑

父母相继去世后
儿子做出了头
又多了一份思念
我从哪里来
又到何处去

我的父母双亲　我至爱的亲人

我像一个孤儿
在人生的路上　孤寂前行
飘忽不定

又是清明　安慰心灵
纸钱已经备好
晚上　就到十字路口去烧

这是我的心
一份沉重的心　但愿我的亲人
在天堂足额收到

（2015 年 4 月 5 日）

# 回　老　家

高粱田　大路口　小村庄
青青草甸　滚滚麦浪
一排排整齐的杨树
一栋栋新建的楼房

玉米地渐渐飞到了身后
松花江拉高了嗓音歌唱
秋风啊秋风　又急又爽
犹如一股水流冲刷着车窗

（2005 年 4 月）

# 相约结伴赏夕阳

寒夜孤灯寂寞长
乐与亲人话麻桑
别离故园三十载
黑土白杨更牵肠
趣味相投言无妨
共忆年少好时光
感叹人生无奈事
相约结伴赏夕阳

（2015 年 3 月 1 日）

# 篇七/

## 风雨同行

一辈子会遭遇无数次相逢，有些人是看过便忘了的风景，有些人则永远驻留在心里，平淡中见真心，危难时见真情，风雨同行。

## 意外相识

寒夜作客偶相识
短暂交流胜故知
平静湖面起波澜
恰似少年掷玩石

（2014 年 12 月 15 日）

# 大家闺秀

初识伊人羞答答
身材高挑面如花
行为举止皆得体
堪比名门出大家

（2014 年 12 月 7 日）

## 相　　约

寒雨连绵度佳节
云散花开发请帖
待到忙去闲来日
与尔把酒食虾鳖

（2014 年 12 月 10 日）

# 午后郊游

午后朋友诚相邀
同乘一车到市郊
率水桥畔观风景
花开柳摇春意闹

牵手漫步细雨中
他处田园景不同
油菜花黄大棚白
水牛后边是菜农

细雨渐大催人返
田埂私语情更浓
进城直奔桑拿馆
满身疲劳一洗空

（2008 年 3 月 30 日）

## 清明出行记

清明时节雾蒙蒙
双人独车去踏青
茶绿菜黄梨花白
城外始得见东风
阔路少车慢慢行
满眼皆是好心情
溪州桥畔绵绵意
桃林深处人自横

（2008 年 3 月 5 日）

# 酸甜苦辣一桌情

昨晚聚会在紫藤
酸甜苦辣一桌情
新朋旧友推杯盏
端起月亮喝光星
酒兴未尽踏歌厅
高歌劲舞燃激情
你唱罢来我登场
良辰美景度人生

（2008 年 4 月 7 日）

## 郊游偶感

冬日挚友去郊游
一路嬉戏笑未休
池塘小坐赏暖日
惹恼渔人下鱼钩
日薄西山方欲返
惊扰路边鸳鸯鸥
铁骑飞奔烟尘滚
田园快乐囊中收

（2007 年 12 月）

# 访友小记

佳节闲暇去访友
神交已久面未谋
驱车前往三百里
水绕山环始方休

古城相见不相识
手机通话解烦忧
小店门口邀相见
酷似特工在接头

不落俗套无寒暄
的哥引领入酒楼
小坐面商游览事
点头称许考虑周

二人漫步长江岸
情谊好似水长流
细雨蒙蒙洒长江
烟波浩渺生忧愁

手撑雨伞忆往事
敞开心扉不遮羞
悔恨年轻太草率
光阴一去不回头

话锋一转谈友谊
心如岸边垂丝柳
不知不觉时已久
赶紧冒雨入酒楼

几个小点忙充饥
茶饮一杯取代酒
边吃边谈话不多
填平肚子亮歌喉

主人客气我先来
抛砖引玉唱一首
歌技不好情谊在
朋友鼓励先拍手

气氛渐佳朋友唱
曲曲悦耳入心头
伸出拇指赞有才
曲终意绕情长留

玩罢一同入下榻
饮茶笑谈深交流
不知不觉已凌晨
依依不舍别朋友

此次走访感触深
人生不能没朋友
友谊常在人不老
真心朋友胜美酒

（2005 年春）

# 做客抒怀

新安江畔雾蒙蒙
寒雨连绵锁山城
集雅贤主邀为客
相遇旧友结新朋
红木桌上佳肴盛
丽人劝饮杯中倾
良宵美酒人自醉
今生遗梦赌输赢

（2014 年 12 月 2 日）

# 顺其自然

傍晚　阴沉着脸的天
终于被高调出场的
雷电　弄出水来
泼一了地

我心依然　被几个
不通的电话淋湿了
欲想拧干　还需要时间

八点钟　或者九点
也许会拨通　一切
顺其自然

（2015 年 6 月 15 日）

## 访友偶感

别弟满月又相逢
友情依旧季不同
人生岂能春常在
夏日荷花意更浓
四季更替便是道
五味尝遍腹不空
庙堂之高论忧乐
莫过山野老顽童

（2015 年 6 月 24 日）

# 歙县问古

再访古城感受新
沉厚味道堪胜今
府内故事无人晓
墙上观景有诗吟
练江泛舟赏两岸
细雨击船听弦琴
问津渡口下渔梁
宾主推杯情谊深

（2015 年 10 月 5 日）

# 和 才 女

才女出口即诗章
入得大堂下厨房
他日相约茶作酒
品味人生话麻桑

（2014 年 12 月 10 日）

# 离合总关不虚妄

晚风热　空调凉
等也是我　盼也是我
有人整天忙

人无常　费思量
呼亦是你　挥亦是你
无处把理讲

回头看　忆过往
真也是我　诚也是我
无缘无故受冤枉

畅未来　秋花黄
聚亦由你　散亦由你
离合总关不虚妄

（2015 年 7 月 13 日）

# 致中学女生

年轻时　不敢想你们
年老时　想不起你们
只有现在　抓紧时间
狠狠地想你们
想你们青春美丽的容颜
想你们偷偷划刻的三八线
想你们不说话的样子
想你们穿着碎花衣裳　梳着马尾辫
想啊　想
年轻时那么勇敢
胆子能捅破了天
怎么就不敢写个纸条呢
或许会上交　成为癞蛤蟆
或许会燃烧　寂寞的风中在一起
当敢想你们的时候
我们已经走过了春天
没有了那个店
一切都无法改变
尘世间　没有后悔药
只有过不去的桥
岁月车轮碾压的

一条条深深浅浅的辙
爬上了额　擦不掉
于是　我们在这一道道沟坎里
慢慢聊
聊聊一起走过的日子
聊聊童年
顶多问一声　你现在还好么
轻轻地拨动一下心弦
仅此而已
我们没有血缘
但　有一种无形的东西
紧紧相连

（2016 年 8 月 1 日晨）

## 学习美景

党校求学三月中
春风化雨一室同
身背朝阳展画卷
脚踏黄昏写霞红

（2015 年 3 月下旬）

# 运动场上

熙熙攘攘　热热闹闹　嘈嘈杂杂
春暖花开时候
运动场上阳光灿烂　激情似火
平平淡淡的岁月
记忆收藏的是　年少花香
人过半百　双鬓染霜
更珍惜当下的交往
借此机会找回从前的感觉　尽情释放
投篮　跳绳　拔河
一项一项　遇强则强
这架势　怎一个疯字了得

（2015 年 4 月 11 日）

# 清华学习

清华学习身心忙
日出暮归为哪桩
如饥似渴补短板
扔掉疲惫老夫狂

（2015 年 5 月 19 日）

# 苦乐一肩扛

你把知识　修养和教师的头衔
丢在了课堂　轻轻地弹掉身上的灰尘
还未除去满身的疲惫　又走入熟悉的厨房

三百六十五个日夜
不是为爱人精心准备的盛宴
而是尽妻子应尽的责任　以及责任背后的侠骨柔肠

二度花开的风景并不迷人
迷人的是你　走出纠结的过往
守候在风景边上　用真心去欣赏

困了　就迷迷糊糊睡去
累了　就靠在冰凉的床上
委屈了　就将头埋在被窝里大哭一场

无娘的母亲　老师啊
怎么忍心你　用柔弱的肩膀
扛起两个人承担的重量

（2012 年作，2015 年 6 月改）

# 相约在冰城

同学是未了的缘
同窗是难忘的情
伴随春天的脚步
我们相约在冰城
共同寻找那欢乐的时光和年轻的梦

教室里的灯光
操场上的身影
实习途中的歌行
都深深地铭刻在我们的记忆中
成为瞬间的永恒

无论海角天涯
无论北南西东
我们的心　永远相通
相距越远越盼相见
分别愈久情谊愈浓

如今　无敌的岁月
已经载着我们走入中年
根根白发攀上了头顶

可是　每当我们想起校园里的生活和熟悉的名字
我们的心像朝阳一样年轻

三十年了
三十年啊　多少风霜雨雪
多少坎坷路程
都化作相逢的问候与笑声
同学的情谊是陈年老酒
足以让我们畅饮一生

（2012 年春）

# 致老同学

是一样的渴望　让我们走到了一起
是不一样的梦　又让我们各分东西

昨天　我们一起在始发站加油
今天　我们又在十字路口分离

季节　催促着我们匆匆赶路
时间　容不得我们再作迟疑

就这样　我们背负着行囊走了十年　三十年
当我们一步一步接近目标时　已是中年

忽然发现　出发时我们曾经忽略的东西
比我们追求的更加宝贵

于是　我们放缓了脚步　欣赏沿途的风景
此时此地　日已偏西

赶紧收摊吧　趁天黑之前
拾回从前

（2013 年冬）

# 人生盛宴

佳节过后喜盈盈
同学相约聚山城
跷首相盼三十载
迎春花开又相逢
笑谈昔日有趣事
醉饮当年无限情
俱怀逸兴拍张照
留下快乐伴一生

（2014 年正月）

## 祁门野游

周日同学漫出游
久别重逢情谊稠
燕山顶上忙拍照
观景亭里汗水流
近观乡村田园景
远望白云恋峰头
打牌让菜偶劝酒
同窗深情镜头留

（2015 年 7 月 27 日）

# 篇八/

## 红色记忆

有些事情一辈子也忘不掉，有些人一转身就后会无期。

# 红色记忆

## ——纪念中国共产党成立九十周年

七月　生长的季节
让我们与党的生日同行
去触摸　那红色的记忆
九十年的风雨征程

不知该怎样描述那久远而屈辱的伤痛
1840 年鸦片战争之后
黑暗　一直笼罩中国的土地和天空
一纸卖国的《辛丑条约》
写满了清政府的腐败和无能

长夜　寒风
被历史定格的暗影　和着长江黄河的呐喊声
敲打着无边的航程
一批敢于担当的革命者　痛苦地思索着
一次次地尝试着抗争

十月革命的炮声
让苦难的中国　大海沸腾
一批坚定的马列主义者

在一本叫《共产党宣言》的小册子里　读懂了答案
急切地渴望在中国求证

那是一个不同寻常的夏日
上海的一个普通民房里
一张方桌上展开了美丽画卷
南湖红船上　古老的方块字里
诞生了中国共产党　续写着盘古开天地的神话

热浪　一个接一个地向前涌动
那种排山倒海的力量
打响了南昌起义的第一枪
粉碎了蒋介石扼杀革命的欲望

被称为革命摇篮的地方
井冈山崇山峻岭中　红米饭
南瓜汤　哺育出一批优秀儿女
星星之火　点亮天边的星光

急风暴雨中诞生的雄鹰
在伟大的长征路上　开始了有力地翱翔
比遥远还遥远的远方　遵义会议
一个又一个有力的手臂
把毛泽东推举到精彩的舞台上
诗人特有的激情和想象
在赤水河　在草地　在雪山
势不可挡　红旗高扬的铁流
埋葬了蒋家王朝围剿革命的幻想

卢沟桥的枪声
打破了家园恬静的梦乡
松花江愤怒了　长城愤怒了
仇恨　子弹　刀枪
一齐射向日寇的胸膛
平型关　百团大战的胜利
在 1945 年的秋季　让所有的中国人
找回了尊严

革命的红船　沿着急流险滩的航道
在延安　在西柏坡

开始了决定中国前途命运的航程
白山黑水辽沈战役的炮声
硝烟弥漫的平津大街小巷
百姓推着独轮车的淮海战场
随着渡江战役胜利的礼炮
敲响了蒋家王朝的丧钟

（2011 年 6 月）

# 歌唱祖国

——祝贺新中国六十华诞

祖国啊　祖国
我是巍巍昆仑
撑起你高大的骨骼
我是滚滚黄河
跃动你前进的脉搏
我是茫茫东海
彰显你幅员辽阔
我是饱满的麦穗
我是闪亮的矿灯
我是三尺讲台
把你悠久的历史传承

祖国啊　祖国
我是甲骨文
我是四大发明
我是三峡大坝
我是万里长城
我是神舟飞船
圆了你千百年来飞天的梦

祖国啊　祖国
我是五十六个民族中的一员
生活在你和睦幸福的大家庭
我是港澳同胞
刚刚在你温暖的怀抱睡醒
我是海外游子
千山万水隔不断血浓于水的深情

祖国啊　祖国
此刻
在你六十岁生日来临之际
我更希望是一部高速运转的列车
在既定的轨道上前进　前进
一路高歌

（2009 年 9 月 23 日）

# 石屋坑遐想

春风又绿石屋坑
重峦叠嶂妙绝景
难忘三年游击战
黑暗年代闪红星
省委机关坑中住
运筹千里任驰骋
革命传统应牢记
时代潮流要跟行

（2015 年 4 月 18 日）

# 参观岩寺新四军军部旧址

岩寺小镇不平常
集结铁流铸辉煌
抗日先遣新四军
烽火岁月美名扬

（2015 年 4 月 21 日）

# 奥运畅想

此刻　北京
聚焦全世界的目光
奥运圣火在这里点燃
五环旗帜在这里高扬
这一刻　让我们整整等了一百年

当鸦片战争的硝烟刚刚离散
“东亚病夫”的帽子就紧紧地扣在了中国人的头上
不平等条约接踵而来
赔款　割让
英法联军螃蟹一样　横冲直撞北京城
为掩盖其罪恶　圆明园一把火烧光

不屈的民族
从来也没有停止过抗争
苦难的中国
一刻也没有放弃理想
枪杆子里面出政权
中国人挺直了脊梁
改革开放
高速发展的经济　托举着中国

有力地站在了世界的舞台上

几番轮回
几番跌宕
等待中的期许
梦想中的渴望
奔腾不息的黄河九曲回肠
此刻　终于梦圆北京

发展中的中国啊
传承着五千年的文明　吹拂着奥林匹克之风
必将会更快　更高　更强
屈辱的历史已经属于昨天
民族复兴的伟业正扛在炎黄儿女的肩上

燃烧吧　奥林匹克圣火
燃烧吧　中华民族伟大复兴的光芒

（2008 年 8 月 13 日）

## 精　　彩

北京　奥运盛会
揭开了我们古老民族神秘面纱
世界当惊

穿越历史的隧道
望着中华民族远去的背影
方块字里写进了四大发明
凝固的历史
故宫　兵马俑　长城
点亮了全世界人的眼睛

又是一个轮回
奥运会的序幕在这里拉开
短短的十六天
却让我们久等了一百年

浓缩一百年的力量
中国　把自己的民族高高举起
鸟巢　水立方
没有硝烟的战场

一枚枚沉甸甸的金镶玉奖牌
在义勇军进行曲中
装满了中华民族的心坎
我们赢了
赢得精彩

（2008 年 8 月 27 日）

## 我要飞翔

——祝贺残奥会开幕

是一场意外
折断了我们的翅膀
遥望蓝天　却不能飞翔

是一把火炬
点亮了星星　也点亮了月亮
驱走我们心中的黑暗
生活里有了色彩　有了阳光

是一面旗帜
将我们紧紧地连在了一起
融入正常的群体
萌生重上蓝天的欲望

鸟巢　我们温暖的家园
水立方　我们出征的战场
挑战极限　超越自我
北京　我要飞翔

（2008 年 9 月）

# 瞬间成为永恒

## ——纪念烈士张宁海

那是一个可怕的雨夜
十八名大学生　激情被雨水冲刷
青春的冲动　付出了黑色的代价
探险演变成遇险
求生的欲望从傍晚发出

天黑　坡陡　路滑
雨　越下越大
宁海　一个年轻的民警
你和一批搜救队员一起　二话没说
向求生者的希望进发

这是黄山未开放的领域
一切都充满了未知　生与死
零距离接触　石头　荆棘　泥水和肉体
常常摩擦　跌倒了爬起
站起来又倒下

灵与肉的煎熬
宁海　你和搜救队员

六个小时之后　在星辰谢幕的雨夜
找到了被困的学生

“请跟我走　我来为大家照亮”
宁海　这是你最后的一句话
你把注意力都集中在学生身上
走到一处绝壁时　突然脚下一滑

生命像一颗流星
瞬间成为永恒
安息吧　人们不会忘记
天街上又多了一盏灯

（2011年1月12日）

# 一位老人与一座山

## ——缅怀胡云龙老书记

有一位老人去世了
许多山里人流泪　鞠躬
表情沉痛

这位老人
生在山里　长在山里
一生都在经营着山

在他的眼中
这座山就是金子
甚至比金子更贵重

山里人很实在
吃饱肚子　就满足了
老人的愿望
就是让这座山变成金矿

他把山装在心中
与山里人一道　甘愿作山的耕者
黑发变白发　于是

这座山成为世界自然和文化遗产
也成了这个城市的名字

岁月的河　带走了许多往事
沉淀的　是一个又一个美丽的传说
如今　老人走了
他化为了山峰
也给后人留下了　一个深深的思索

（2012 年 5 月初）

# 后　记

诗集《我在黄山等你》就要出版了，心里有几句话要说。

## 一

诗为心曲。这部诗集记录了我曾经走过的不平常的岁月，由一个不成熟的文学青年成为一个已知天命的中年人的心路。我无法准确回答这是一种进步还是倒退，但无论怎样，诗歌，在我人生中所起的作用是意想不到的。

## 二

诗歌某种意义上就是生活。生我养我的东北那片神奇的黑土地，是我爱诗写诗的源头活水；理解我包容我的美丽黄山和徽州大地，给了我创作的激情和灵感。我心中流淌的永远是这两块热土上的温暖与爱。

## 三

我永远铭记那些曾经在我爬坡中推我一下，下坡中拉我一把，平道上给我指路的人们！永远感谢那些鼓励我、关心我、帮助过我的人们！尤其要感谢的是：在纷繁事务中为我诗集作序的荀天林部长，鼓励并帮助我出书的黄山市委党校毛新红副教授，合肥工业大学出版社的李克明社长、朱移山副社长和张慧等同志。你们是我生命里的贵人，值得我用一生去爱！

## 四

下半辈子，我希望诗意地生活，丢掉曲臂上的行囊，怀揣着简约和童心，走向岁月的深处。

**张景奇**

2016 年 5 月于新安江畔

**图书在版编目(CIP)数据**

我在黄山等你/张景奇著.—合肥:合肥工业大学出版社,2016.7
ISBN 978-7-5650-2870-0

Ⅰ.①我… Ⅱ.①张… Ⅲ.①诗集—中国—当代 Ⅳ.①I227

中国版本图书馆 CIP 数据核字(2016)第 164410 号

**我在黄山等你**

张景奇 著　　　　责任编辑 张 慧

| | | | |
|---|---|---|---|
| 出 版 | 合肥工业大学出版社 | 版 次 | 2016 年 7 月第 1 版 |
| 地 址 | 合肥市屯溪路 193 号 | 印 次 | 2016 年 8 月第 1 次印刷 |
| 邮 编 | 230009 | 开 本 | 880 毫米×1230 毫米 1/32 |
| 电 话 | 人文编辑部:0551-62903205 | 印 张 | 8.625 |
| | 市场营销部:0551-62903198 | 字 数 | 198 千字 |
| 网 址 | www.hfutpress.com.cn | 印 刷 | 安徽昶颉包装印务有限责任公司 |
| E-mail | hfutpress@163.com | 发 行 | 全国新华书店 |

ISBN 978-7-5650-2870-0　　　　定价:30.00 元